Der Tierarzt
von Mittenwald

Traumhochzeit in Mittenwald

Von Ulrike Larsen

Weltbild

Besuchen Sie uns im Internet
www.weltbild.de

Genehmigte Sonderausgabe für
Verlagsgruppe Weltbild GmbH,
Steinerne Furt, 86167 Augsburg

© Copyright 2011
Bastei Verlag in der
Bastei Lübbe GmbH & Co.KG

Cheflektorat/Bastei
Dr. Florian Marzin
Verantwortlich für den Inhalt

Titelbild
Anne von Sarosdy/Bastei

Satz
César Satz & Grafik GmbH, Köln

Druck + Verarbeitung
CPI – Ebner & Spiegel, Ulm
Printed in Germany

ISBN 978-3-86800-794-7

Bei jedem Schritt wippte das kupferrote Haar, das in weichen Wellen über Sophias Schultern fiel, und Martin Krainer war nicht der Einzige, der bei ihrem Anblick unwillkürlich die Lippen spitzte.
Sophia registrierte die Bewunderung des starken Geschlechts ohne eine Regung zu zeigen. Dass die Männer ihr nachschauten, oder anerkennende Pfiffe ausstießen, daran hatte sie sich längst gewöhnt.
Sie hatte es eilig, denn sie wollte nicht der letzte Gast sein, der zur Geburtstagsparty kam. Sophia lächelte versonnen, als sie an ihre beste Freundin Gitta dachte, die seit einigen Wochen auf rosa Wolken schwebte.
Sophias roten Kleinwagen glänzte in der Abendsonne, und die junge Frau bewunderte ihn wieder

einmal voller Stolz. Ganze sechs Wochen war er erst in ihrem Besitz, und noch behandelte sie ihn wie ein rohes Ei.

Als sie hinter dem Steuer saß und einen Blick auf die Uhr am Armaturenbrett warf, erschrak sie. Du liebes bisschen, sie musste sich beeilen, denn bis zu dem kleinen Dorf, in dem Gitta lebte, waren noch einige Kilometer zu fahren.

Es dauerte wieder einmal endlos, bis Sophia sich durch den Feierabendverkehr gequält hatte, und sie fühlte sich erst besser, als sie sich auf der Landstraße befand, die nach Obermoos führte.

„Ach, Gitta!" Sophia seufzte, als sie an die blonde unscheinbare Freundin dachte, die in all den Jahren so viel Sorgen gehabt hatte, sie würde einmal nicht im Hafen der Ehe landen.

Und jetzt hatte sie sich einen kernigen Naturburschen angelacht, einen Mann, wie ein Baum, um den sie beneidet wurde. Mathias Lederer war ein Mann, der auch Sophia gefallen könnte, aber schnell schob sie jeden verfänglichen Gedanken an ihn beiseite, denn Mathias war für sie tabu.

Das graue Band der Landstraße schlängelte sich durch ein liebliches Tal, das von den majestätischen Steinriesen des Karwendelgebirges flankiert wurde. Die Bäume hatten schon Frucht angesetzt. Die ersten Kirschen röteten sich bereits und lockten die Vögel in Scharen an.

Längst hatte Sophia Raiden vergessen, dass sie pünktlich auf Gittas Gartenparty erscheinen wollte; in mäßiger Geschwindigkeit lenkte sie den Wagen durch die bezaubernde Landschaft, an der sie sich nicht satt sehen konnte.

Sophia hatte fast schon den Rastplatz passiert, als sie aus dem Augenwinkel eine Bewegung wahrnahm. Irgendetwas Braunes war es, das auf dem Boden herumzappelte.

Ein Tier, schoss es Sophia durch den Kopf. Ein Hund? Noch während dieser Überlegung trat sie auf die Bremse, setzte zurück und stellte den Wagen auf dem Rastplatz ab, von denen es an dieser Straße viele gab.

Sophia schaute sich um, und rasch entdeckte sie den kleinen Langhaardackel, der mit einem Strick an einem Baum angebunden war.

Der Hund versuchte, auf drei Beinen zu hüpfen, um auf sich aufmerksam zu machen, während er eine Vorderpfote halb erhoben hatte.

„Was sind das nur für Menschen", flüsterte Sophia entsetzt, als sie sich zu dem Winzling hinunterbeugte und ihn beruhigend streichelte.
Der dunklen Limousine, die in den Rastplatz einbog, schenkte sie keine Beachtung.
Vorsichtig löste sie den Strick vom Hals des Dackels und nahm ihn auf die Arme, darauf bedacht, die offenbar verletzte Vorderpfote nicht zu berühren.
Sophia spürte, wie der Hund zitterte, wie er sich Hilfe suchend an sie presste, und als er ihren Handrücken beleckte und ein feines helles Winseln dabei ausstieß, war sie den Tränen nahe.
Axel Pranger, der sie beobachtete, kam langsam auf die junge Frau zu. Auch er hatte die Not des Hundes gesehen und hatte helfen wollen.
„Man sollte Menschen, die so etwas fertig bringen, ebenfalls irgendwo anbinden und sie ihrem Schicksal überlassen", sagte Axel grimmig, als er bei Sophia stehen blieb. „Ich werde nie begreifen, wie ein Mensch, der glaubt, die Krone der Schöpfung zu sein, so handeln kann."
Er nahm vorsichtig die Pfote des Dackels, der sofort leise jammerte. „Wahrscheinlich gebrochen",

stellte er fest. „Wenn Sie nichts dagegen haben, bringe ich den Hund zu einem Tierarzt. Jedenfalls muss er behandelt werden."

„Das mache ich schon", wehrte Sophia ab.

Er musterte sie interessiert. Das rote Haar flammte in der Abendsonne, in den grünen Augen entdeckte er kleine Goldsprenkel. In diesem Augenblick wusste Axel, dass er diese Frau wiedersehen musste.

„Darf ich mich vorstellen? Ich bin Axel Pranger", sagte er, während er den Dackel hinter den Ohren kraulte. „Ich würde mich wirklich gern um den Hund kümmern, bei mir wäre er in den besten Händen."

„Bei mir auch", entgegnete sie spitz. „Geben Sie sich keine Mühe, Herr Pranger. Ich habe den Hund gefunden, und ich werde ihn auch behalten, denn ich kann mir nicht vorstellen, dass irgendjemand nach ihm fragt."

„Schade." Er lächelte verschmitzt. „Aber ich darf mich doch gelegentlich nach seinem Befinden erkundigen?" Sekundenlang verfingen sich ihre Blicke, und Sophia war schon versucht, sich gleichfalls vorzustellen und ihre Adresse zu nennen, als sie sich an das erinnerte, was ihre Tante Hilde bei jeder Gelegenheit sagte: „Wenn ein Mann sich für dich interessiert, mache es ihm nicht zu leicht."

„Oh, das ist nicht nötig", erwiderte Sophia deshalb freundlich. „Ich kann Ihnen versichern, der Hund ist bei mir in den besten Händen. Guten Tag."

Sie ließ Axel stehen, trug den Dackel zum Wagen und bettete das Tier vorsichtig auf den Beifahrersitz. Beruhigend sprach sie auf das zitternde Bündel ein, das sie aus großen dunklen Knopfaugen ängstlich musterte.

Sophia setzte sich ans Steuer. Die Party bei Freundin Gitta war vergessen, und auch für Axel Pranger hatte sie nur noch einen flüchtigen Blick, bevor sie den Wagen in Bewegung setzte.

So langsam war Sophia noch nie gefahren, ja, sie schlich geradezu über die Landstraße und provozierte mehr als einmal ein wütendes Hupkonzert nachfolgender Autofahrer.

Den Wagen steuerte sie vorwiegend mit einer Hand, da sie den Dackel beruhigend streichelte. „Weißt du was? Ich werde dich Felix taufen", sagte sie. „Felix, das heißt: der Glückliche. Ich glaube, der Name passt gut zu dir, denn wir beide werden bestimmt noch ganz dicke Freunde."

Hatte der Hund sie verstanden? Er neigte den Kopf leicht zur Seite und fiepte leise, und als seine Rute leicht auf den Sitz klopfte, lachte Sophia.

„Du wirst die schlimme Zeit, die hinter dir liegt, bestimmt schnell vergessen", sagte sie. „Aber erst müssen wir dich vom Doktor behandeln lassen. Hoffentlich ist er auch da."

Dass Dr. Peter Sperling um diese Zeit keine Sprechstunde mehr hatte, konnte Sophia sich denken, doch da dies ein Notfall war und sie schon viel Gutes über den Tierarzt von Mittenwald gehört hatte, zweifelte Sophia nicht einen Augenblick daran, Hilfe für ihren Felix zu bekommen. Zur Not musste eben der alte Tierarzt, der sich schon zur Ruhe gesetzt hatte, für seinen Sohn einspringen.

Als Sophia den Wagen vor der Tierarztpraxis parkte und den Dackel behutsam auf die Arme nahm, verließ Dr. Peter Sperling gerade das Grundstück, denn er war mit Freunden verabredet, die wie er dem Gleitschirmfliegen frönten.

Als er Sophia auf das Gartentor zukommen sah und den Hund auf ihren Armen entdeckte, ging er sofort auf sie zu.

Vom Sehen kannte Sophia den Tierarzt. Bittend schaute sie ihn an. „Herr Doktor, das arme Hascherl habe ich auf einem Rastplatz gefunden. Irgendjemand hat ihn an einen Baum gebunden, und ich glaube, seine Pfote ist verletzt."

„Na, dann wollen wir uns das Kerlchen mal anschauen, Frau …"

„Raiden, Sophia Raiden", stellte sie sich vor. „Ich komme Ihnen sicher ungelegen, Herr Doktor, aber bis morgen wollte ich nicht warten."

„So, so, ausgesetzt hat man dich?" Dr. Sperling strich dem Langhaardackel, der besonders klein ausgefallen war, über das struppige Fell. „Sehr gepflegt sieht er nicht aus."

„Wer weiß, was er alles durchmachen musste", warf Sophia ein und folgte dem Tierarzt zur Praxis.

„Wir werden ihn erst einmal röntgen", sagte Dr. Sperling, und legte dem Dackel eine Schlinge aus Mull um die kleine spitze Schnauze. Der Tierarzt lächelte, als er Sophias skeptischen Blick auffing. „Sicher ist sicher, Frau Raiden."

Sophia lachte, denn Felix sah mit der weißen Schlinge sehr putzig aus, und als er sie Hilfe suchend anschaute, streichelte sie ihn.
„Keine Angst, mein Kleiner, der Doktor meint es doch nur gut mit dir."
Dr. Sperling nahm Felix auf den Arm und verschwand mit ihm in einem kleinen Nebenzimmer; nach einigen Minuten war er wieder zurück.
„Wie ich vermutet habe – die Pfote ist gebrochen", erklärte der Tierarzt zornbebend. „Prellungen hat er auch genug, also nehme ich an, dass er geschlagen wurde. Es ist nicht zu fassen. Wie kann man sich nur an einem kleinen hilflosen Tier vergreifen!" Vorsichtig löste er die Schlinge von Felix' Schnauze. „Wir werden die Pfote eingipsen müssen, Frau Raiden."
„Tun Sie, was nötig ist, Herr Doktor", antwortete sie bedrückt.
Sophia hatte eine lebhafte Fantasie, und es schauderte sie, wenn sie sich vorstellte, dass der Dackel vielleicht mit einem Stock oder einem anderen harten Gegenstand geprügelt worden war. Dr. Sperling arbeitete schnell, und nachdem die Pfote eingegipst war, bereitete er eine Injektion

vor. „Nur zur Vorsicht", erklärte er, als er Sophias Blick auffing. „Und in einer Woche sehen wir uns wieder, Frau Raiden. Oh, ich setze einfach voraus, dass Sie den Hund behalten wollen. Ist das so?"

„Was denken Sie denn?" Es klang fast entrüstet. „Ich habe ihn gefunden, und jetzt fühle ich mich für Felix auch verantwortlich." Sie öffnete die Handtasche. „Und was bin ich Ihnen schuldig, Herr Doktor?"

„Rechnen wir ab, wenn Sie wiederkommen", schlug Dr. Sperling vor und legte ihr den Dackel in die Arme. „Kommen Sie, ich bringe Sie noch zum Wagen."

Es dämmerte schon, als sie die Praxis verließen. Sophia bedankte sich herzlich für Dr. Sperlings schnelle Hilfe und brachte ihren Felix nach Hause.

Sie fuhr fast Schritttempo, und als sie Felix ins Haus trug, blieb Sophia stehen und schnupperte. Von der Terrasse des Nachbarn roch es himmlisch nach gegrilltem Fleisch, und erst jetzt dachte Sophia wieder an Gittas Gartenparty.

Schnell eilte sie zum Telefon, und Felix rollte sich

auf Sophias Schoß zusammen, als sie mit Gitta telefonierte und aufgeregt berichtete, was ihr widerfahren war.

***

Es war auffallend still am Mittagstisch der Sperlings, und Opa Ignaz schaute von einem zum anderen, doch Sohn und Enkel schienen ausschließlich mit dem Essen beschäftigt.
Das Gedeck, das für Monika bestimmt war, war noch unberührt, sie war wieder einmal überfällig. Niemand nahm ihr das übel, denn sie war mit ihren Hochzeitsvorbereitungen beschäftigt.
Bastian schob den Teller zurück, griff nach seinem Glas mit Mineralwasser und trank durstig.
„Langsam, Bastian", mahnte sein Vater. „Ich habe dir doch schon oft genug gesagt, du sollst das Wasser nicht so in dich hineinschütten."
„Vati, ich hab aber solch einen Durst", verteidigte sich der Junge.
„Und was ist mit deinem Salat? Vitamine sind wichtig", bemerkte Dr. Peter Sperling.
„Du hast deinen ja auch noch net gegessen", meu-

terte Bastian und schaute den Vater vorwurfsvoll an. „Dir ist er doch auch zu sauer."

Peter lächelte schief und warf seinem Vater, der an Monikas Stelle wieder einmal gekocht hatte, einen schnellen Blick zu.

„Sauer macht lustig", warf Opa Ignaz brummig ein. Er kochte gern, und er war sicher, dass er von Tag zu Tag besser wurde. Außerdem war er der Ansicht, dass man seine Mühe gefälligst honorieren sollte, anstatt immer nur Kritik zu üben.

„Ja, und die Hundefrikadellen sind so salzig, dass es einem alles zusammenzieht", empörte sich Bastian.

„Hundefrikadellen?", rief Opa Ignaz und legte das Besteck auf den Teller. „Bub, das will ich nicht gehört haben!"

„Ist doch wahr, Opa Ignaz, die schmecken doch nur nach Brot", behauptete Bastian.

Peter ließ die Serviette zu Boden fallen, bückte sich rasch und grinste breit, als sein Kopf unter dem Tisch verschwand. Bastian hatte die Sache auf den Punkt gebracht, allerdings hätte er es nicht so krass ausdrücken müssen, denn Opa Ignaz hatte sich sicher alle Mühe gegeben.

Ignaz Sperling, Tierarzt im Ruhestand, nahm das Besteck wieder auf und zerteilte die Frikadelle auf seinem Teller. Versucht, Gerechtigkeit walten zu lassen, betrachtete er fachmännisch den Fleischkloß, der verdächtig hell aussah.

„Na ja, wahrscheinlich ist mir eine Semmel zu viel reingerutscht", gab er zögernd zu, warf seinem Enkel einen vernichtenden Blick zu und wetterte: „Aber essen kann man sie."

„Hoffentlich heiratet die Moni nicht", konterte Bastian. „Vielleicht überlegt sie's sich doch noch."

Peter konnte sein Lachen fast nicht mehr unterdrücken, denn die Bemerkung seines Sohnes war für Opa Ignaz nicht gerade ein Kompliment.

„Bastian, dein Großvater gibt sich alle Mühe, das solltest du anerkennen", tadelte er trotzdem, um seinen erzieherischen Einfluss geltend zu machen.

„Aber wenn er jeden Tag …"

„Stopp, kein Wort mehr, Bastian", unterbrach Peter ihn streng. „Dein Großvater muss nicht für uns kochen, er tut es freiwillig."

Opa Ignaz lächelte dankbar. „Und am Wochenende fahren wir zwei nach Dresden", verkündete Peter und legte seinem Sohn eine Hand auf die

Schulter. „Wir schauen uns mal die Frau Anni Schatz an, die Hannes uns als Haushälterin empfohlen hat."

„So eilig ist es nun auch wieder nicht", bemerkte Ignaz, doch die Erleichterung war ihm anzusehen.

„Doch, Vater", widersprach Peter mit Nachdruck. „Wenn Monika erst einmal aus dem Haus ist, geht es ja nicht allein ums Kochen. Der Haushalt muss geführt werden, und dazu brauchen wir eine kompetente Frau."

Ignaz schnaufte ärgerlich, denn er war anderer Ansicht. Peter sollte sich endlich. wieder nach einer Frau umschauen, dann wären alle Probleme gelöst. Diese Gedanken ließ der Ältere aber nicht laut werden, denn oft genug hatte er darüber schon mit seinem Sohn diskutiert. Eine gewisse Trauer war in Ignaz' Augen gut und richtig, doch allmählich hegte er den Verdacht, dass Peter gar nicht die Absicht hatte, wieder zu heiraten. Zumindest bemühte er sich in Ignaz' Augen nicht genug.

„Au fein!", rief Bastian, dem jede Abwechslung willkommen war. „Und wann fahren wir?"

„Am Freitag, sofort nach der Schule", entschied

Dr. Sperling und griff entschlossen zur Salatschale, denn er wollte seinem Sohn mit gutem Beispiel vorangehen. Peter aß ein paar Happen Salat. „Gut schmeckt's", kommentierte er, hatte aber alle Mühe, das Gesicht nicht zu verziehen.
Bastian betrachtete seinen Vater misstrauisch. „Das glaubst du doch selber net", widersprach er und grinste breit.
„Hallo, da bin ich wieder!", rief Monika Sperling, die wie ein Wirbelwind in die Küche kam. Sie gab dem Vater einen Kuss auf die Wange. „Tut mir Leid, dass ich wieder einmal zu spät komme, aber überall hält man sich länger als geplant auf." Sie setzte sich an den Tisch und ließ den Blick über Schüsseln und Platten gleiten. „Viel habt ihr aber noch net gegessen", stellte sie fest.
Bastian öffnete schon den Mund, doch der strenge Blick seines Vaters warnte ihn vor einem unüberlegten Kommentar. Monika nahm als erstes den Salat, doch kaum hatte sie ein paar Blätter in den Mund geschoben, verzog sie das Gesicht. Bastian lachte, Peter tat so, als habe er nichts bemerkt, und Opa Ignaz schob die Brauen finster zusammen.

„Ist er dir vielleicht auch zu sauer?", fragte er polternd. Monika schluckte tapfer. „Ein bisserl schon, Vati", gestand sie. „Vielleicht solltest du der Soße ein wenig Zucker beigeben?" „Vielleicht solltest du wieder mal für uns kochen?", entgegnete Ignaz bissig.

„Na ja, wenn alles nach meinen Wünschen verläuft, haben wir in der nächsten Woche schon eine gute Köchin im Haus", sagte Peter rasch, um die Wogen zu glätten. Er erklärte seiner Schwester sein Vorhaben und setzte hinzu: „Vater ist ein bisschen überlastet, und dafür, dass die Führung des Haushalts für ihn fremdes Gebiet ist, macht er seine Sache ausgezeichnet. Ich denke, das sollte einmal ausgesprochen werden."

Opa Ignaz strahlte, denn dieses Lob tat ihm unheimlich wohl.

„Hoffentlich hat dieser Hannes Steinbruck nicht übertrieben", warf Monika ein. „Mir wäre auch wohler, wenn ich euch in guten Händen wüsste." Sie hatte nur wenige Salatblätter gegessen, als sie auf die Uhr schaute. „Du lieber Himmel, ich muss ja um zwei schon wieder bei der Schneiderin sein. Seid mir net bös, aber ich muss weg."

„Ist eine Hochzeit immer so anstrengend?", fragte Bastian. „Ich glaub, ich heirate mal net."
„Warte, bis du älter bist, dann denkst du anders darüber", bemerkte sein Großvater, schaute in die Runde und stand auf. „Ich glaube, ich kann abräumen. Oder isst noch jemand was?"
Peter und Bastian winkten großzügig ab, und der Bub hatte es plötzlich sehr eilig, sich aus dem Staub zu machen. Nicht nur, dass er befürchtete, beim Abwaschen helfen zu müssen; nein, ihm schwebte der Besuch einer Imbissstube vor, denn für ein saftiges Bratwürstchen und Pommes frites reichte seine Barschaft noch.

***

Seit Dackel Felix bei Sophia lebte, hatte sie kaum noch Zeit für andere Dinge, denn der verletzte Winzling hatte ihr Herz im Sturm erobert.
Sophia, die das Feinkostgeschäft ihrer Cousine Vera leitete, in dem noch zwei Verkäuferinnen beschäftigt waren, hielt sich in den letzten Tagen fast ausschließlich in den hinteren Räumlichkeiten des Geschäftes auf.

Für Sophia war es selbstverständlich, dass sie Felix – solange er noch behindert war – nicht allein lassen konnte, und so nahm sie ihn ins Geschäft mit.

Im Büro hatte Sophia ein weich ausgepolstertes Körbchen aufgestellt, und in regelmäßigen Abständen eilte sie nach hinten, um nach ihrem Liebling zu sehen.

Hatte sie sich früher voll dem Geschäftsleben gewidmet, so wurden ihr jetzt diese Stunden ziemlich lang, denn sie konnte es kaum erwarten, Felix abends nach Hause zu tragen, um mit ihm im Garten hinter dem Haus zu spielen.

Trotz der eingegipsten Pfote war Felix ein ausgesprochen munteres Kerlchen, und mit Sophias Katze Dorle hatte er sich auch schon angefreundet – oder besser gesagt, er bot seine Liebe an, von der Dorle noch nicht überzeugt war.

Als Sophia an diesem Abend das Feinkostgeschäft verließ und nach Hause ging, merkte sie nicht, dass ein Mann ihr folgte.

Das hübsche Haus, das Sophia von ihrer Tante Bärbel geerbt hatte, bei der sie auch aufgewachsen war, lag in einer stillen Seitengasse. Neben der von Weinlaub überwucherten Pergola, die die Einfahrt begrenzte, führte eine schmale Treppe zur Haustür, und Felix zappelte ungeduldig auf Sophias Armen, doch sie hielt ihn fest.

Auch wenn er schon im Garten herumlaufen durfte, Treppensteigen war ihm strengstens untersagt.

Sophia trug also ihren vierbeinigen Freund durch Flur und Wohnzimmer und ließ ihn erst auf die Erde, als sie die Terrasse erreichten.

Dorle kam aus dem Garten, umschmeichelte Sophias Beine und beäugte eifersüchtig den kleinen Langhaardackel. Felix wedelte heftig mit dem Schwanz, und Dorle fauchte, denn auf sie wirkte diese Bewegung bedrohlich.

„So, jetzt bekommt ihr beide erst einmal was zu fressen", sagte Sophia, die in dieser Beziehung schon so manche Überraschung erlebt hatte.

Alle Sorten Hundefutter hatte sie ausprobiert, doch jedes Mal hatte Felix sich auf Dorles Futter gestürzt, die ihren Fressnapf jedoch vehement verteidigt hatte.

Seit beide nun Katzenfutter bekamen, war die Welt in Ordnung, und Sophia achtete darauf, dass Hund und Katze sich nicht ins Gehege kamen, indem sie die Schalen immer nur mit ein und derselben Sorte füllte.

Ihre beiden Vierbeiner warteten schon, als sie mit den Fressnäpfen auf die Terrasse zurückkam. Eine Schale wanderte nach rechts, die andere nach links, denn der Futterneid war groß.

Nachdem beide Tiere zufriedengestellt waren, setzte Sophia sich und beobachtete ihre Lieblinge, die jetzt nur noch Augen für ihr Futter hatten.

Als die Haustürglocke anschlug, runzelte Sophia die Stirn. Wer mochte sie da noch besuchen wollen? Niemand hatte sich angemeldet, und sie sah nicht besonders begeistert aus, als sie die Terrasse verließ.

Der Tag im Geschäft war anstrengend, und Sophia genoss die ruhigen Abendstunden. Besuch von Freunden bekam sie zumeist nur an den Wochenenden.

Als sie die Tür öffnete und in ein gebräuntes lachendes Männergesicht schaute, schoss ihr das Blut in die Wangen. Viel zu oft hatte sie in letzter Zeit an Axel Pranger gedacht, und das wiederum hatte sie ein wenig in Rage gebracht, denn auf Männer war sie seit einiger Zeit nicht gut zu sprechen.

„Sie?", fragte Sophia, und es klang nicht eben freundlich.

„Ja, nur ich", erwiderte er. „Guten Abend, Frau Raiden. Ich hatte zufällig in der Nähe zu tun und wollte mich nach unserem Sorgenkind erkundigen."

„Nach Felix? Dem geht es gut." Bis jetzt hatte Axel die rechte Hand hinter dem Rücken versteckt, doch nun hob er sie leicht in die Höhe und zeigte eine Tüte. „Ich habe ihm ein paar Kalbsknochen mitgebracht", sagte er. „Mein Tierarzt sagte mir, dass sie für Hunde sehr gesund sind. Ich hoffe, ich komme nicht ungelegen?"

„Nein, das nicht", erwiderte Sophia und trat einen Schritt beiseite. „Bitte, kommen Sie herein."

Sie führte den Gast auf die Terrasse, und lächelnd beobachtete sie Felix, der sein Futter stehen ließ, weil er dem Fleischknochen den Vorzug gab. Selbst Dorle, die sich im Allgemeinen nicht für Knochen interessierte, stibitzte Felix ein Knöchelchen, trug es in ihre Ecke und kauerte knurrend darüber.

„Bitte, nehmen Sie doch Platz." Sophia deutete

auf einen der zierlichen Korbsessel. „Darf ich Ihnen eine Erfrischung anbieten? Etwas Alkoholisches vielleicht, oder einen Eistee?"

„Zu einem Tee sage ich nicht nein", antwortete Axel.

Sophia ließ ihn allein, und Axel hatte nun Muße, das kleine Paradies zu betrachten, das sich hinter dem Haus erstreckte. Blüten, wohin man auch schaute. Zur Hälfte war die Terrasse von Wein überwuchert, rechts und links der Stufen, die in den Garten führten, blühten kleine Margeritenbäume, in den Kästen an der Brüstung glühten feuerrote Geranien, und weiter hinten, entlang des Jägerzaunes, hatte der Phlox seine Pracht entfaltet.

„So, der Tee", sagte Sophia, stellte die Gläser auf den runden Tisch und setzte sich Axel gegenüber. „Wie haben Sie mich eigentlich gefunden?", fragte sie misstrauisch.

„Oh, das war reiner Zufall", schwindelte er. „Ich sah Sie heute Nachmittag in ein Geschäft gehen und erkundigte mich beim Bäcker nebenan. Als ich Sie beschrieb, wusste er sofort, wen ich meinte, und verriet mir Ihre Adresse."

In Wirklichkeit hatte Axel sich das Kennzeichen

ihres Wagens gemerkt und beim Verkehrsamt telefonisch Erkundigungen eingezogen.

„Aha." Sophia schien diese Erklärung einleuchtend, denn der Konditormeister Schmiedel war einer ihrer heimlichen Verehrer.

„Wie ich sehe, fühlt Felix sich hier ausgesprochen wohl", bemerkte Axel und deutete auf den Dackel, der genüsslich auf einem Knochen herumkaute.

„Ja, und ich habe nicht einen Augenblick lang bereut, ihn zu mir genommen zu haben", erwiderte sie, und ihre Augen strahlten. „Er ist ein richtiger kleiner Sonnenschein und ein Schelm dazu."

„Ich habe in nächster Zeit häufiger in Mittenwald zu tun", sagte Axel. „Darf ich wiederkommen, um mich nach Felix' Befinden zu erkundigen? Ich muss Ihnen ehrlich gestehen, dass ich Sie um dieses kleine Kerlchen beneide. Er ... er erinnerte mich an meinen Poldi."

„Poldi? Hatten Sie auch einen Dackel?"

„Ja, fünfzehn Jahre ist er alt geworden", erzählte Axel. „Während des Studiums musste ich ihn in die Obhut meiner Mutter geben, doch jedes Mal, wenn ich nach Hause kam, war die Freude groß.

Nun ja, später habe ich Poldi wieder zu mir genommen; er hat mich überall begleitet, doch vor einem halben Jahr wurde er überfahren. Er hörte und sah schon nicht mehr gut. Es ging alles sehr schnell, und es war gut, dass er auf der Stelle tot war." Er seufzte. „Fünfzehn Jahre sind für einen Zwergdackel auch ein stolzes Alter."

„Nun habe ich fast ein schlechtes Gewissen", sagte Sophia. „Wenn ich das gewusst hätte …"

„Aber ich bitte Sie, Frau Raiden, bei Ihnen hat Felix es sicher besser. Immerhin bin ich viel unterwegs, und für ein Tier ist das oft eine Strapaze. Ich bin schon zufrieden, wenn ich ab und zu mal vorbeischauen kann, denn so ein bisschen fühle ich mich für den Winzling auch verantwortlich."

Zwei oder drei Herzschläge lang schauten sie sich in die Augen, und Sophias Herz klopfte plötzlich unsinnig schnell. Vergeblich rief sie die Erinnerung an Martin Kramer wach, an jenen Mann, der sie belogen und betrogen hatte.

„Ich meine, wenn ich ehrlich bin, so möchte ich auch Sie gern wiedersehen", sagte Axel und sah sie auf eine Art an, die sie ziemlich beunruhigte.

Wieder dachte Sophia an Martin Kramer, der sie

wochenlang an der Nase herumgeführt hatte, bis sie dahinter gekommen war, dass er Frau und Kinder hatte.

Nur ihrer Freundin Gitta hatte sie von ihrer Enttäuschung erzählt, und jetzt erinnerte Sophia sich wieder an Gittas Worte, die ihr eindringlich geraten hatte, nicht alle Männer über einen Kamm zu scheren.

„Und ich dachte, es ginge Ihnen nur um Felix", bemerkte sie gutmütig spottend.

„Nicht in erster Linie", erwiderte Axel, und in seinen samtdunklen Augen lag ein warmer Schimmer. „Ich bin in der nächsten Woche wieder in Mittenwald. Darf ich dann vorbeikommen?"

„Warum nicht?" Sie erwiderte sein Lächeln. „Ich kann aber nicht versprechen, dass ich Zeit habe."

Wieder schauten sie sich in die Augen, und beide wussten, dass Sophia nicht die Wahrheit sagte, sondern dass auch sie sich auf das nächste Wiedersehen freute.

Axel blieb länger als üblich. Dem Eistee folgte ein Glas Wein, und als der junge Mann das kleine Haus in der Steingasse 14 verließ, dämmerte es schon.

Axel ging zu seinem Wagen, aber er saß noch lange am Steuer und dachte über Sophia nach, die ihn vom ersten Augenblick an beeindruckt hatte. Dass es noch eine andere Frau in seinem Leben gab, daran wollte Axel jetzt nicht denken. Das ließ sich alles regeln, wichtig war im Augenblick nur Sophia, und er konnte es kaum erwarten, sie wiederzusehen.

Ihr erging es nicht anders. Sie saß noch immer auf der Terrasse, hatte Felix auf den Schoß genommen und streichelte ihn gedankenverloren.

Sophia hatte sich verliebt, und sie konnte das selbst noch gar nicht fassen. Ausgerechnet ihr passierte das? Sie, die die Vorsicht in Person war und sich geschworen hatte, jeden Mann auf Herz und Nieren zu prüfen, bevor sie überhaupt einen Gedanken an ihn verschwendete, sie hatte ihr Herz an einen Mann verloren, den sie erst zweimal gesehen hatte.

„Was meinst du, Felix, ob er es ernst meint?", fragte Sophia versonnen, und sie lachte leise, als Felix' Rute auf ihren Schoß klopfte.

***

nommen, und Thomas Bredau, der Bräutigam, wartete vor dem Altar.

Er zog die Blicke der Damen auf sich, und so manche Mutter seufzte, denn einen Schwiegersohn wie Thomas hätte sie sich auch gewünscht.

Thomas, im hellgrauen Cut, spielte nervös mit den weißen Handschuhen; für die Gäste rechts und links in den Bänken hatte er keinen Blick, er starrte wie hypnotisiert zum weit geöffneten Portal.

Unruhe machte sich unter den geladenen Gästen breit, als vor der Kirche staunende Rufe laut wurden, das schon bald vom Geklapper der Pferdehufe übertönt wurde.

Es war ein Kaiserwetter, wie geschaffen für den schönsten Tag eines jungen Paares, als die weiße Hochzeitskutsche, die mit roter Rosenpracht geschmückt war, von vier Schimmeln zur Kirche gezogen wurde.

Als Ignaz Sperling, der Brautvater, aus der Kutsche stieg, wurde es still auf dem Kirchplatz. Es war, als hielten die Zuschauer den Atem an.

Ignaz, ebenfalls im Cut, reichte seiner Tochter Monika die Hand, und ein Raunen ging durch

die Menge, als die Braut die Kutsche verließ.
Eine so schöne Braut hatten viele noch nicht gesehen, und stolz reichte Ignaz Sperling seiner Tochter den Arm, um sie in die Kirche zu führen.
Vier Mädchen gingen voraus und streuten Blumen, vier folgten Monika, um den drei Meter langen Schleier zu tragen. Das Brautkleid war lange Zeit Monikas Geheimnis gewesen, es war von Thomas' Schwester Melanie entworfen worden, die in New York in der Modebranche arbeitete.
Das Hochzeitskleid aus weißer Seide im Empire-Stil war tief dekolletiert, die Taille war hoch angesetzt, die Ärmel schmal. Das Collier, das Monika trug, stammte aus dem Besitz der Familie Bredau, ebenso die Ohrgehänge und das feine Diadem, das die dunkle Haarpracht zierte.
Ignaz war unendlich stolz auf seine schöne Tochter, die er nun zum Altar führte, vor dem der Bräutigam wartete.
Orgelklänge brausten auf, in den Kirchenbänken entstand eine leichte Unruhe, und so manche Dame suchte nach einem Taschentuch, um sich verstohlen über die Augen zu wischen.
Als Ignaz die Braut an Thomas übergab, ver-

stummte die Orgel, leises schmelzendes Geigenspiel setzte ein, und ein jeder konnte hören, dass oben ein Meister den Bogen führte.

Bastian, der neben seinem Vater saß, rutschte unruhig auf der Bank hin und her. Der neue Anzug zwickte und zwackte, der Hemdkragen war zu eng und überhaupt: Der Lausbub fühlte sich so richtig unwohl.

„Willst du jetzt vielleicht still sitzen?", flüsterte Dr. Sperling seinem Sohn zu.

„Wie lange dauert das denn noch, Vati?", wisperte Bastian zurück.

„Es hat doch gerade erst angefangen", antwortete Peter, und als sich das Paar dem Geistlichen zuwandte, schloss der Tierarzt die Augen.

Zeit existierte in diesem Augenblick nicht mehr für ihn, denn Bilder tauchten vor seinem inneren Auge auf, Bilder, die schon viele Jahre zurücklagen.

Dr. Sperling sah sich mit seiner verstorbenen Frau Vera vor den Altar treten, ihr liebes Gesicht schien ihm zum Greifen nahe, deutlich sah er ihre strahlenden Augen.

Seine Vera, die so schnell und so still aus seinem Leben gegangen war, als sie das Opfer einer heimtückischen Krankheit geworden war.

Noch in diesem Augenblick glaubte Peter Sperling, ihr helles klares „Ja" zu hören, das sie ihm am Altar gegeben hatte.

Ein unsanfter Rippenstoß brachte den Tierarzt in die Wirklichkeit zurück.

„Papa, die küssen sich schon", flüsterte Bastian aufgeregt. „Gleich können wir gehen."

Leicht irritiert schaute Dr. Sperling zum Brautpaar hinüber, das sich gerade vom Altar abwandte und durch das Kirchenschiff zum Portal schritt. Doch Bastian, der Peters Hand nahm, sorgte schon dafür, dass sein Vater in die Wirklichkeit zurückkehrte.

Vor dem Portal wartete schon der Fotograf. Freunde und Bekannte kamen und drängten sich mit aufs Bild, und als das Paar zur Kutsche ging, ertönten Böllerschüsse und hallten in den Bergen wider.

Natürlich wurde die Hochzeit im Hotel „Zum Edelweiß" gefeiert, darauf hatte Carola Wegener bestanden. Das Restaurant und der angrenzende Saal waren mit Blumen geschmückt, und am Ein-

gang des Saales stand die dreistöckige Hochzeitstorte, ein wahres Meisterwerk des Konditors.
Doch zunächst gab es einen. Sektempfang; jeder wollte einmal mit dem Brautpaar anstoßen und seine Glückwünsche aussprechen.
Dr. Sperling, der sich zu seinem Vater gesellte, neigte sich dessen Ohr zu und sagte leise: „Monika sieht ein bisschen mitgenommen aus."
„Wundert es dich? Sie hat sicher die ganze Nacht kein Auge zugetan", entgegnete Opa Ignaz und verzog das Gesicht. „Vermissen werde ich unsere Moni schon."
Peter schmunzelte, und sein Blick wanderte zu Anni Schatz hinüber, die in ihrem dunkelblauen Kostüm ausgesprochen streng wirkte.
„Dafür haben wir jetzt Frau Schatz, sie wird Monika bei der Haushaltsführung sicher ersetzen. Du hast dich doch schon ganz gut mit ihr angefreundet, oder?"
„Noch ist es eine Art Hassliebe", erwiderte Ignaz und lachte breit. „Unser Schätzchen versucht, mich zu erziehen, doch da beißt sie auf Granit."
„Ich bin sicher, sie hat gute Zähne", frotzelte Peter und schob die Finger leicht unter den Arm

des Vaters. „Ich glaube, wir sollten langsam in den Saal gehen, Vater, der Sektempfang ist beendet."

Als das Brautpaar und die Gäste an den Tischen saßen und der erste Gang aufgetragen wurde, entspannte Bastian sich, und er war glücklich, als sein Vater ihm erlaubte, die Fliege und den obersten Hemdknopf zu öffnen.

Ignaz Sperling hingegen wirkte ein wenig nervös. Immer wieder warf er einen Blick auf die Rede, die er für das junge Paar vorbereitet hatte.

Als der zweite Gang serviert wurde und Peter Sperling die Spargelspitzen unter einer Käsehaube genüsslich betrachtete, kam Carola Wegener zu ihm.

„Hör mal, Peter, da ist ein Paul Weller am Telefon", flüsterte sie ihm zu. „Soll ich ihn abwimmeln? Niemand kann von dir verlangen, dass du heute in irgendeinen Stall kriechst."

„Paul Weller?", wiederholte der Tierarzt und runzelte die Stirn. „Ich rede mal mit ihm."

Ignaz zog ein ärgerliches Gesicht, als sein Sohn aufstand. „Doch nicht heute", bemerkte der Ältere brummig.

„Vielleicht kann ich telefonisch einen Rat geben, Vater", antwortete Peter und folgte Carola zum Telefon.

Paul Weller klang sehr aufgeregt, und er behauptete mit Nachdruck, seine Sally ginge heute noch ein, wenn der Doktor nicht nach dem Kutschpferd schaue.

Seufzend legte Dr. Sperling auf und hob leicht die Schultern, als er Carolas prüfendem Blick begegnete.

„Ich werde wohl oder übel zum alten Weller fahren müssen", sagte er. „Immerhin behandle ich sein Pferd jetzt schon seit einer guten Woche und kann ihn jetzt nicht im Stich lassen."

„Ich hoffe, wir sehen dich heute noch einmal", neckte Carola ihn und begleitete ihn vor das Hotel. „Jedenfalls habe ich dir einen Tanz reserviert. Ich hoffe, du weißt das noch."

„Ach, Carola, mit dir tanze ich doch am liebsten", erwiderte er mit feiner Ironie.

Sie seufzte, als sie ihm nachschaute. O ja, Peter wäre genau der Mann, bei dem sie – trotz ihrer schlechten Erfahrung – noch einmal schwach werden könnte. Allerdings blockte er jeden Flirtversuch ab. Carola nahm ihm das nicht übel, aber es hinderte sie auch nicht daran, es immer und immer wieder zu versuchen.

***

Seit ihrer fristlosen Kündigung hatte Sophia Raiden viel Zeit, und die verbrachte sie mit ausgedehnten Spaziergängen, sehr zu Felix' Freude.
Inge Feiler, die bis vor kurzem noch als Verkäuferin im Feinkostladen gearbeitet hatte, war nun Geschäftsführerin, und eine Nachbarin hatte Sophia erzählt, dass Inge die Nase nun noch ein bisschen höher trage.
Für Aussagen wie diese hatte Sophia nur ein müdes Lächeln. Sie konnte zwar nicht behaupten, dass das Geschäft sie absolut nicht mehr interessierte – dazu hatte sie dort zu gern gearbeitet –, doch sie hielt sich von dem Laden fern.
Von ihrer Cousine Vera hatte sie nichts mehr gehört, und so, wie Sophia die andere einschätzte, änderte sich daran auch nichts mehr.
Für Vera war Sophia eine kleine Angestellte gewesen, mit der man zufällig auch verwandt war.

Trotzdem schmerzte Sophia die Art, wie Vera sie abserviert hatte.

Felix hingegen begrüßte den neuen Status; Sophia hatte genügend Zeit, um sich von morgens bis abends mit ihm zu beschäftigen, und die nachmittäglichen Ausflüge in die nähere Umgebung Mittenwalds waren für den kleinen Dackel ein Genuss.

Längst war die Pfote verheilt, und auch die schlechten Erfahrungen der Vergangenheit waren fast vergessen. Nur manchmal, wenn er eine raue Männerstimme hörte wie neulich, als sie an einer Baustelle vorbeikamen, wurde der Dackel ängstlich und suchte bei Sophia Schutz.

Heute hatte sie schon die Hochzeit von Monika Sperling bewundert, und für Augenblicke hatte Sophia sich ein paar Träumereien erlaubt, sah auch sie sich in einer weißen Kutsche zur Kirche fahren.

Als Sophia am Hotel „Zum Edelweiß" vorbeispazierte, hörte sie fröhliches Lachen, das der jungen Frau weh tat. Selbstmitleid regte sich, und Sophia fragte sich, wann sie das letzte Mal so heiter und ausgelassen gewesen war.

Rasch ging sie weiter, blieb nach einigen Metern jedoch wieder stehen und schaute sich nach Felix um.

Es verschlug ihr fast den Atem, als sie ihren Vierbeiner schwanzwedelnd bei Axel Pranger stehen sah.

„Das schlägt dem Fass doch den Boden aus", murmelte sie wütend, ging auf die beiden zu, hob Felix hoch, klemmte ihn unter den rechten Arm und ging schnell weiter.

„Sophia, so warte doch!", rief Axel und folgte ihr. Sie bog in eine kleine Parkanlage ein, denn sie wollte den Leuten, die ihr zum großen Teil bekannt waren, kein Schauspiel liefern.

Doch kaum hatte sie eine schützende Hecke erreicht, wandte sie sich zu Axel um, der dicht hinter ihr war.

„Geh mir endlich aus den Augen!", rief Sophia aufgebracht. „Wegen dir hatte ich schon genug Scherereien! Lass mich in Ruhe!"

Sie spürte, dass Felix zitterte, und setzte ihn auf die Erde, damit er ein wenig herumschnüffeln konnte.

„Ich bitte dich, Sophia, gib mir doch wenigstens die Chance, dir zu erklären …"

„Es gibt nichts zu erklären", schnitt sie ihm schroff das Wort ab.

„Ich denke doch", entgegnete er ruhig. „Sophia, ich wäre nicht hier, wenn du mir nichts bedeuten würdest."

„Und Vera?", entschlüpfte es ihr rau.

„Ach ja, Vera ..." Er verzog das Gesicht. „Das ist ein Kapitel für sich. Sie ist eine attraktive Frau, und ich gebe auch zu, dass ich mit dem Gedanken gespielt habe, sie zu heiraten, doch die Verlobung kam selbst für mich überraschend."

„Und das soll ich dir glauben?", fragte sie sarkastisch. „Für wie dumm hältst du mich?"

„Das ist jetzt nicht das Thema", brauste er ärgerlich auf, zwang sich jedoch sofort wieder zur Ruhe. „Ich war zur Einweihung der Villa eingeladen, und da ich sie neu gestaltet hatte, war das auch nichts Ungewöhnliches. Aber dass Vera unsere Verlobung bekannt geben wollte, erfuhr ich erst im letzten Augenblick. Was sollte ich denn tun?" Nun schwang Verzweiflung in seiner Stimme mit. „Sollte ich Vera vor all den Gästen bloßstellen?"

Sophia spürte, wie sie unsicher wurde, denn was

Axel sagte, klang plausibel. Oder war es nur so, dass sie ihm gern glauben wollte?

„Glaube mir, Sophia, als ich dich kennen lernte, wusste ich, mit wem ich leben wollte", sagte er eindringlich und wollte ihre Hand nehmen, doch sie wich zurück. „Ich liebe dich, Sophia."

„Worte, nichts als schöne Worte!", rief sie. „Vera ist meine Cousine, und bis ... bis vor kurzem habe ich nur Gutes von ihr erfahren. Und das soll ich ihr nun danken, indem ich ihr den Mann nehme, den sie liebt? Tut mir Leid, aber das kann ich nicht."

„Liebst du mich denn?", fragte er.

„Das ist unwichtig."

„Ist es nicht." Axel spürte, dass er nicht einen Schritt weitergekommen war, und das Herz wurde ihm schwer, wenn er Sophia anschaute.

Sie war so wunderschön, und er träumte jede Nacht von ihr. Axel wollte sie nicht aufgeben, er liebte sie und wollte mit ihr glücklich werden.

„Deine Rücksicht in allen Ehren, Sophia, aber Vera ist so oder so unglücklich, denn ich habe mich schon von ihr getrennt", behauptete er. „Sollen wir unglücklich werden, bloß weil du nicht über deinen Schatten springen kannst? Sophia, ich bitte dich, sei doch nicht so …"

„Und du glaubst, Vera ist jetzt weniger unglücklich, weil du dich von ihr getrennt hast?", fragte sie traurig. „Ach, Axel, ich wünschte, wir wären uns nie begegnet. Ich … ich kann einfach nicht anders. Immer würde ich Veras verzweifeltes Gesicht vor mir sehen."

„Sie wird einen anderen Mann finden, davon bin ich überzeugt", beschwor sie, machte schnell einen Schritt auf sie zu und wollte sie an sich ziehen. Hart stieß sie ihn zurück. „Lass mich!", rief sie aufweinend. „Geh endlich!"

Axel Pranger wurde eine Spur blasser. Er hatte eingesehen, dass er die Geschichte mit Vera Marholz erst einmal bereinigen musste, bevor er Sophia aufsuchte, doch so hatte er sich die Unterredung nicht vorgestellt.

„Ich habe genug gebettelt", stieß er zwischen den zusammengepressten Zähnen hervor. „Ich liebe dich, Sophia, und wenn du zur Besinnung gekommen bist, dann weißt du ja, wo du mich findest."

Er hatte seinen letzten Trumpf ausgespielt und hoffte, dass die versteckte Drohung wirkte. Doch

Sophia sah ihn nur stumm mit traurigen Augen an.

„Wie du willst", sagte er da leise, und ein letzter sehnsüchtiger Blick streifte sie, bevor er sich umdrehte und ging.

Sophias Lippen zitterten, und hastig wandte sie sich ab, rief Felix, nahm ihren kleinen Vierbeiner auf die Arme und presste das Gesicht an sein weiches seidiges Fell.

„Ach, Felix", flüsterte sie. „Warum ist alles nur so kompliziert?"

***

Nachdem Dr. Sperling die Kleider gewechselt hatte, schwang er sich in seinen Geländewagen und fuhr zu Paul Weller, dessen kleiner Bauernhof weit außerhalb Mittenwalds lag. Peters Gesicht drückte keineswegs Begeisterung aus; er hatte nur diese eine Schwester, und Monikas Hochzeit hatte er entsprechend feiern wollen.

Nun verpasste er wieder einmal alles: die Rede seines Vaters ebenso wie die Gedichte des Onkels, der für seinen Witz bekannt war. Und Peter konnte nicht auf Bastian Acht geben. Es wäre sehr verwunderlich, wenn der Bub nicht irgendeinen Streich aushecke, denn in seinen Augen waren Familienfeiern die geeignete Bühne dafür.

Fast eine halbe Stunde Fahrt benötigte der Tierarzt, bis er das malerisch gelegene Bauernhaus der Wellers erreichte. Landwirtschaft betrieb Paul Weller nur noch in kleinem Stil, er erwirtschaftete auf seinem Land nur noch das, was er für seine beiden Schweine und für die Kutschpferde benötigte, die ihm halfen, die kleine Rente aufzubessern.

Paul Weller, ein Mittsiebziger, der fast so breit wie hoch war, stand vor der Haustür und hielt nach dem Tierarzt Ausschau.

„Mei, ich hab schon gedacht, dass du gar nimmer kommst!", rief er in seiner poltrigen Art, als Dr. Sperling aus dem Wagen stieg. „Dabei geht es der Sally so schlecht wie nie zuvor."

Hatte Dr. Sperling angenommen, eine Entschuldigung oder ein Wort des Bedauerns zu hören, so sah er sich getäuscht. Paul Weller schien Monikas Hochzeit egal zu sein, er dachte nur an sein Kutschpferd.

Der vierschrötige Mann stapfte zum Stall hinüber, in dem vier gepflegte Pferde standen.

„Hast du wenigstens heißes Wasser?", fragte der Tierarzt beiläufig.

„Wieso? Brauchst du welches?"

„Vielleicht", erwiderte Dr. Sperling lakonisch.

„Ich lauf schnell rüber und sag der Berta Bescheid."

Dr. Sperling grinste dünn, als er dem Bauern nachschaute. Es war ein seltener Anblick, Paul laufen zu sehen. Er liebte es gemächlich, und eine Stunde im Wirtshaus war ihm kostbarer als Gut und Geld.

Dr. Sperling betrat den Stall. In der Box stand Sally, und ein Blick des erfahrenen Arztes genügte, um zu wissen, dass es um die Stute nicht gut bestellt war.

Das Tier war abgemagert, der Bauch entsetzlich gebläht. Müde wandte Sally den Kopf, als Peter ihr den Hals klopfte, aus trüben Augen schaute sie den Tierarzt an.

„Na, altes Mädchen, was machst du bloß für Geschichten?" Schon vor ein paar Tagen hatte Dr. Sperling Sally einer gründlichen Untersuchung unterzogen, auch eine Blutuntersuchung hatte er vorgenommen, doch es war nichts Ungewöhnliches zutage getreten.

„So, Wasser kannst haben, so viel du willst", sagte Paul keuchend, als er in den Stall zurückkam. Er stützte sich auf die Brüstung der Box. „Und? Was ist jetzt mit der Sally? Wenn mich net alles täuscht, ist sie bald reif für den Abdecker. Herrgottkruzifix, und das muss mir ausgerechnet jetzt passieren, jetzt wo alle bei diesem Wetter gern mit der Kutsche fahren."

„Holst dir halt ein neues Pferd", erwiderte Dr. Sperling, während seine Hände sachkundig den Leib des Tieres abtasteten.

„So? Meinst? Es braucht schon seine Zeit, bis so ein Gaul an die Kutsche gewöhnt ist", antwortete Paul Weller und griff sich stöhnend an den Kopf. „Und was das wieder kostet!"

Der Tierarzt antwortete nicht, denn er konzentrierte sich auf etwas, das sich bei seinem letzten Besuch noch nicht herauskristallisiert hatte.

Seitlich des gewölbten Leibes hatte sich unter der Haut ein sackartiges Gebilde ausgestülpt, das sich leicht hin und her bewegen ließ.

Dr. Sperling holte seine Instrumententasche. „Da werden wir schneiden müssen, Weller", sagte er. „Wenn meine Erfahrung mich nicht im Stich lässt, ist das ein Eitersack." Schlimmstenfalls eine Geschwulst, fügte er in Gedanken hinzu.

Mit einem schnellen, tiefen Schnitt öffnete Dr. Sperling die Beule, und vorsichtshalber hatte er sich schon seitlich davon platziert. Das war richtig gewesen, denn wie eine Fontäne schoss ein fingerdicker Eiterstrahl aus der Wunde.

„Da ist bestimmt noch mehr drin", kommentierte Dr. Sperling, und als er sich umwandte, grinste er, denn Paul Weller, hoch rot im Gesicht, säuberte sich angewidert, da er einen großen Teil der Wundabsonderung abbekommen hatte.

„Hol schon mal heißes Wasser", ordnete Dr. Sperling an.

Er wandte sich wieder dem Tier zu, und als er den Finger in die Wunde schob, um den Abflusskanal zu erweitern, stutzte er, denn er stieß auf einen harten Gegenstand.

Als Paul Weller knapp zehn Minuten später heißes Wasser in den Stall schleppte, hörte er Dr. Sperling fluchen, und Wellers Gesicht, generell vom Alkoholgenuss leicht gerötet, nahm eine dunkel rote Färbung an.

„Was gibt's denn, Doktor?", fragte er und stellte sich auf die Zehenspitzen, um dem Tierarzt bei der Arbeit über die Schulter schauen zu können.

Es war Millimeterarbeit, die Dr. Sperling da vollbrachte, und er war schweißgebadet, als er ein langes schmales Holzstück, einen Hartholzspan, aus der Wunde zog.

Kaum hatte er den Fremdkörper entfernt, ergossen sich Blut und Eiter aus der Wunde, die Dr. Sperling zunächst einmal ausbluten ließ.

Er hielt dem Bauern den etwa zwanzig Zentimeter langen und drei Zentimeter breiten Holzspan unter die Nase. „Und was ist das?", fuhr er Weller an. „Du willst mir doch nicht erzählen, dass du nichts davon weißt?"

„Da schau her, das ist bestimmt ein Stück von der Deichsel", stellte Paul fest und pfiff leise. „Das hätt ich net gedacht."

Dr. Sperling runzelte die Stirn.

„Willst dich nicht ein bisschen genauer ausdrücken?"

„Na ja, weißt, das war eine komische Geschichte", erwiderte Weller und schnitt eine Grimasse. „So richtig weiß ich das auch nimmer. Jedenfalls hab ich im ‚Kreuz' noch ein paar Maß Bier getrunken, und es war schon spät, wie ich heimgefahren bin. Ja, und auf einmal sind die Gäule mit mir durchgegangen. Mit der Kutsche hat es mich in den Graben gehaut. Wahrscheinlich hat die Sally sich da den Splitter reingerammt. Ja, so müsst es gewesen sein."

„Und das erzählst du mir erst jetzt?", wetterte Dr. Sperling. „Dem Tier hätten wir große Schmerzen ersparen können, Weller, hast denn net daran gedacht?"

„Mei, Doktor, ich hab damals so einen Rausch gehabt", erwiderte der vierschrötige Mann und rieb sich verlegen das Kinn.

Dr. Sperling winkte ab, denn es war sinnlos, dem Bauern weiterhin ins Gewissen zu reden. Der Tierarzt versorgte die Wunde des Pferdes, wusch sich anschließend die Hände und verließ den Stall.

„Morgen schau ich wieder vorbei", sagte er. „Und dann bring ich auch die Rechnung mit." Dabei lächelte er grimmig, denn diese Arbeit am

Sonntag, und dann noch an Monis Hochzeitstag, wollte er sich ordentlich honorieren lassen.

„Dank dir schön, Doktor!", rief Weller ihm nach, und er klang sehr erleichtert.

Dr. Sperling winkte ihm flüchtig zu, denn er hatte es eilig. Die Sonne stand schon tief am Himmel, und bis er zu Hause war, sich geduscht und umgezogen hatte, verging mindestens noch eine Stunde.

***

Peter Sperling hatte die Zeit nicht zu hoch angesetzt, und als er wieder vor dem Hotel „Zum Edelweiß" stand, wartete davor schon eine dunkle Limousine, die mit Blumen geschmückt war und an deren Antenne ein weißes Band flatterte.

„Du lieber Himmel, so spät ist es schon?", wandte Peter sich an Carola, die gerade aus dem Hotel kam.

„Tja, du hast das Beste wieder einmal verpasst", erwiderte sie. „Das Paar hat sich oben schon für die Reise fertig gemacht und muss jeden Augenblick kommen. Aber wenn du dich verabschiedet hast, solltest du dich mal um deinen Sohn kümmern."

„Bastian? Was hat er denn nun schon wieder angestellt?"

„Oh, davon kannst du dich nachher selbst überzeugen", bemerkte sie lakonisch und gab ihm einen kleinen Schubs mit dem Ellenbogen, denn Monika und Thomas traten vors Hotel.

Monika, die nun Bredau hieß, trug ein sandfarbenes Reisekostüm, Thomas einen hellen Sommeranzug. Beide wirkten ein wenig erschöpft, doch das Glück strahlte ihnen aus den Augen.

Dr. Sperling ging auf Schwester und Schwager zu.

„Tut mir Leid, dass ich weg musste", entschuldigte er sich.

„Aber Peter, das ist doch völlig normal", erwiderte Monika und lachte.

„Tja, dann bleibt mir nur noch, euch viel Glück zu wünschen", sagte er und umarmte seine Schwester. Thomas drückte er die Hand. „Pass mir gut auf meine Schwester auf, sonst bekommst du es mit mir zu tun. Ach, was sage ich? Mit allen Sperlings."

Thomas lachte vergnügt. „Der hübsche Sperling an meiner Seite genügt mir vollkommen", erwiderte er.

Auch Ignaz Sperling kam nun, um sich von den Kindern zu verabschieden, und er konnte nicht verhindern, dass ihm die Augen feucht wurden, als er seine Tochter in die Arme nahm.

Das junge Paar hatte es eilig, und ein paar Minuten später rollte der Wagen davon. Das Ziel war die Schweiz, in der die Frischvermählten die Flitterwochen verbringen wollten.

Die Feier allerdings war noch längst nicht vorüber, denn die Gäste gingen nun zum gemütlichen Teil über. Eine Kapelle spielte zum Tanz auf, und es gab nur wenige, die sich nicht zu den Walzerklängen drehten.

„Und wo ist Bastian?", fragte Peter, der sich suchend umschaute.

„Ich habe ihn schon eine ganze Weile nicht gesehen", antwortete Ignaz und wandte sich Franziska Semmler zu, die kam, um ihn zu einem Tänzchen zu überreden.

„Was meinst du, Peter, sollen wir beiden uns auch auf die Tanzfläche wagen?", fragte Carola

Wegener, die Besitzerin des Hotels, und hakte sich bei Dr. Sperling unter.

„Gern, aber erst möchte ich wissen, wo Bastian steckt", erwiderte er. „Sagtest du vorhin nicht …"

„Oh, ich denke, es ist besser, du schaust ihn dir selbst an", unterbrach sie ihn lächelnd und führte ihn in eine Nische des Foyers, die von der Rezeption aus nicht einzusehen war.

Auf einer gepolsterten Bank lag Bastian, hielt die Augen geschlossen und hatte die Hände über dem Leib gefaltet.

Dr. Sperling warf einen prüfenden Blick auf Bastians Gesicht. „Du siehst aus wie ein Marsmännchen", kommentierte er trocken.

Bastian öffnete ein Auge, spähte zu seinem Vater hinauf und krächzte: „Und wie sehen die aus, Vati?"

„Na, sie sind mindestens so grün im Gesicht wie du", erwiderte Peter, zog sich einen Sessel heran und setzte sich zu seinem Buben. „Was war es denn? Eiscreme? Oder hat die Torte so gut geschmeckt?"

„Ich glaube, es war alles zusammen", erwiderte der Junge und stöhnte jämmerlich. „Vati, ich glaub ... ich glaub, ich muss sterben."

„So schnell stirbt es sich nicht", antwortete Peter, der sein Mitleid verbarg. „Habe ich dich nicht gewarnt? Hast du vergessen, dass ..."

„Ich bitte dich, Peter, er leidet doch schon genug", mischte sich Carola ein. „Hab doch Mitleid mit dem armen Kerl."

„Den Hosenboden sollte ich ihm strammziehen", entgegnete Dr. Sperling. „Ich komme heute überhaupt nicht mehr zur Ruhe. Jetzt muss ich ihn auch noch nach Hause bringen, und das nur, weil mein Herr Sohn sich beim Essen nicht beherrschen kann."

„Lassen Sie nur, Herr Doktor, ich kümmere mich schon um das Jungchen", sagte plötzlich eine tiefe Frauenstimme hinter ihm.

„O nein!", rief Bastian, der bereits ahnte, was da auf ihn zukam. „Ich will hier bleiben."

„O, Frau Schatz, Sie kommen mir wie gerufen." Peter stand auf und strahlte. „Ich bringe Sie selbstverständlich nach Hause, und ich bin sehr froh, dass Sie sich um Bastian kümmern wollen. Allerdings habe ich auch ein bisschen ein schlechtes Gewissen, denn Sie sollen sich heute ja vergnügen."

„Ach, das kann ich immer noch." Anni Schatz winkte ab und begutachtete Bastian, dem es unter ihrem strengen Blick sofort ein wenig besser ging. „Aber es wäre vielleicht wirklich vernünftig, wenn er nicht zu Fuß gehen müsste."

„Kommen Sie", sagte Dr. Sperling, schob die Hände unter seinen Sohn, hob ihn auf die Arme und trug ihn zum Wagen.

„Vati, lass mich nicht mit Frau Schatz allein", flüsterte Bastian, der einen Heidenrespekt vor der neuen Haushälterin hatte.

„Sie wird dich schon nicht fressen", erwiderte Dr. Sperling belustigt und verfrachtete den Buben in den Fond des Wagens.

Bastian ergab sich seinem Schicksal, doch wenn er Annis Hinterkopf betrachtete und sich vorstellte, dass sie ihn den ganzen Abend lang überwachte, schauderte ihn.

Kaum hatten sie das Haus betreten, wollte Bastian die Treppe hinaufschleichen.

„Jungchen!", schallte es hinter ihm her. „Bleib unten. Du legst dich am besten im Wohnzimmer aufs Sofa, ich bringe dir gleich einen Tee."

„Kann ich Sie wirklich mit ihm allein lassen, Frau Schatz?", fragte Peter zögernd.

„Sagen Sie doch einfach Anni zu mir, Herr Doktor, dann fühle ich mich nicht so fremd", bat sie und lächelte ihn entwaffnend an.

„Also gut, Anni. Und was meinen Sie? Soll ich noch ein paar Minuten bleiben?"

„Nein, nein, gehen Sie nur, ich muss mich mit dem Jungchen doch auch mal anfreunden, und das kann ich am besten, wenn ich mit ihm allein bin", antwortete sie.

Peter wandte sich schon der Haustür zu, als er fragte: „Und welchen Tee wollen Sie ihm geben?"

„Ein altes Hausmittel, das alles wieder ins Gleichgewicht bringt", erwiderte sie und verschwand in der Küche.

So ganz traute Peter ihr freilich doch nicht, deshalb folgte er ihr in die Küche. Er blieb an der Tür stehen und beobachtete sie.

Anni nahm drei kleine Leinensäckchen aus dem Schrank, warf dem Tierarzt einen verschmitzten Blick zu und kommentierte: „Enzianwurzel, Petersilienwurzel und Hopfenblüten, Herr Doktor.

Und daraus mache ich nun einen Sud, der dem Jungchen helfen wird."

Diese Pflanzen waren Dr. Sperling vertraut, und beruhigt ließ er die Haushälterin allein.

Als diese wenig später mit einer großen Tasse ins Wohnzimmer kam, musterte Bastian sie ängstlich.

„Ich trink nix", erklärte er trotzig.

„Hast du Angst?", fragte sie und lachte belustigt.

„Angst nicht, aber ich will nix trinken", erwiderte er und rutschte in die äußerste Ecke des Sofas.

„Jetzt pass mal auf, Jungchen. Mein Alfred – Gott hab ihn selig hat gern und viel gegessen. Nun, und manchmal war es eben zu viel. Dann hab ich ihm diesen Tee gebraut, und eine halbe Stunde später war mein Alfred wieder gesund. Wenn du ihn nicht trinkst, dann wird dir übermorgen noch übel sein."

Bastian musterte sie zweifelnd. Tagelang sollte er diesen Zustand noch ertragen? Angewidert betrachtete er dann die Tasse, die Anni vor ihn hinstellte, und die Angst, dass seine Übelkeit und die Bauchkrämpfe noch zwei Tage andauern könnten, war größer als die Abneigung gegen Annis Gebräu.

Bastian nahm den ersten Schluck, stellte die Tasse zurück und schüttelte sich. „Pfui Teufel!", rief er. „Das schmeckt ja wie eingeschlafene Füße!"

„Schlimmer", kommentierte Anni trocken, „aber es hilft."

Seufzend zwang Bastian sich, Schluck für Schluck zu trinken, und als er die Tasse geleert hatte, bestand Anni Schatz darauf, dass er sich zurücklegte.

Sie holte eine Wolldecke und breitete sie über ihm aus. „In zehn Minuten schaue ich wieder zu dir herein."

„Aber ich trinke nix mehr!", rief er ihr nach.

Pünktlich nach zehn Minuten kam Anni wieder ins Wohnzimmer, unter dem Arm die große Spieleschachtel.

„Was hältst du von einem ‚Mensch ärgere dich nicht'?", fragte sie.

Sofort richtete Bastian sich auf. Aber um nichts in der Welt hätte er zugegeben, dass es ihm schon wesentlich besser ging, weil das elende Völlegefühl fast völlig verschwunden war. Minuten später würfelten beide um die Wette, und Bastians

Gesicht rötete sich bereits verdächtig, denn Anni hatte Glück im Spiel.

Doch plötzlich sprang er auf und starrte sie wütend an. „Du schummelst!", rief er aufgebracht. „Ich hab's genau gesehen!"

„Richtig", stimmte sie ihm gelassen zu und lachte. „Und wenn du das merkst, geht es dir auch schon wieder besser, Jungchen."

Zunächst musterte er sie verblüfft, strich sich über den Leib und antwortete verwundert: „Stimmt, ich merke fast gar nix mehr. Toll, ich glaub ich hab's überstanden. Du bist ein Schatz."

„Ich weiß, deswegen heiße ich auch so", erwiderte sie und schaute auf die Uhr. „Und jetzt kannst du dich in dein Zimmer zurückziehen. Ich werde noch ein bisschen lesen."

„Ooch, noch ein Spiel, Tante Anni! Aber du darfst net schummeln." Er lachte sie verschmitzt an. „Sonst tu ich das auch."

Sie erwiderte sein Lachen, und nur sie wusste, wie erleichtert sie war. Endlich war das Eis gebrochen, sie hatte das Herz des Buben erobert, und das war für Anni Schatz sehr wichtig.

„Also gut, ein Spiel noch – und zwar ohne zu

schummeln", stimmte sie zu und warf dem Kriminalroman, den sie auf dem Sideboard deponiert hatte, einen sehnsüchtigen Blick zu.

***

Schwierigkeiten mit der Figur kannte Sophia nicht, und so frühstückte sie gewöhnlich wie eine Königin. Dazu gehörten Toastbrot, ein weiches Ei, ein wenig Marmelade, Wurst, Käse, Obst und Kaffee. Letzterer musste schwarz und stark sein, damit er die Lebensgeister weckte.

Felix hatte es sich in letzter Zeit angewöhnt, auf einen freien Stuhl neben Sophia zu springen, um wenigstens halbwegs den gedeckten Tisch inspizieren zu können.

Auch heute Morgen spähte er zur Wurstplatte hinüber, und mehr als einmal schleckte er sich das Mäulchen, denn die Schinkenwurst duftete allzu verführerisch.

„Eigentlich sollte ich hart bleiben", sagte Sophia und lachte, als der Dackel den Kopf bettelnd zur Seite legte. „O ja, du weißt genau, wie du mein Herz erweichen kannst."

Sie griff nach einer Wurstscheibe, zupfte sie in kleine Stücke und hielt eines vor Felix' Schnauze. Er schnappte sofort zu.

„Au!", rief Sophia und betrachtete verblüfft ihre Finger, auf denen sich kleine rote Flecken abzeichneten. „Das waren meine Finger, Freundchen. Also, so haben wir nicht gewettet!"

Felix stieß einen kurzen hellen Kläffer aus und schaute sie treuherzig an.

„Was denn? War das eine Entschuldigung oder die Aufforderung, noch etwas anrollen zu lassen?"

Sie verfütterte den Rest der Wurstscheibe, doch als Felix nun fordernd die Pfoten an der Tischkante abstützte, bekam er einen kleinen Klaps, und sofort saß er wieder artig auf dem Stuhl.

Sophia schaute auf die Uhr. „Was meinst du? Sollen wir uns wieder mal eine Zeitung kaufen?"

Sie suchte zwar eine neue Anstellung, doch Sophia hatte keine Eile damit. Sie hatte noch einige Ersparnisse, zu denen die drei Monatsgehälter gekommen waren, die Vera Marholz ihr überwiesen hatte.

O, an Stellenangeboten mangelte es nicht, doch Sophia wollte eine Tätigkeit, bei der sie so selbstständig arbeiten konnte, wie sie es bisher gewöhnt war.

Felix war ein kluges Tier; sofort sprang er vom Stuhl, als sein Frauchen den Tisch abräumte, und geschickt platzierte er sich neben dem Kühlschrank in der Hoffnung, doch noch einen Happen abstauben zu können.

Doch Sophia blieb hart, denn Felix war, das hatte sie inzwischen erkannt, ein Vielfraß. Ganz besonders liebte er Süßigkeiten, die Sophia verstecken musste, seit er einmal eine Tafel Schokolade vom niedrigen Wohnzimmertisch stibitzt hatte.

„Komm, Felix, ein bisschen Bewegung tut uns beiden gut", sagte Sophia und schnalzte leicht mit der Zunge.

Dazu brauchte man den Dackel nicht zweimal aufzufordern, denn für sein Leben gern marschierte er mit Sophia durch die Stadt, wo an jeder Ecke, jedem Zaun und jedem Baum irgendein Artgenosse eine Duftnote hinterlassen und dadurch Nachrichten signalisiert hatte.

Um das Feinkostgeschäft Marholz machte Sophia immer noch einen großen Bogen, und wenn ihr Weg sie in diesen Teil des Städtchens führte, so wechselte sie jedes Mal auf die andere Straßenseite.

Auch wenn sie es sich ungern eingestand, es schmerzte noch immer, nicht mehr die Führung des Geschäftes zu haben.

An einem Kiosk blieb Sophia stehen, wechselte ein paar Worte mit dem alten Otto Dirholt, kaufte ein paar Zeitschriften und wandte sich wieder um.

Sie verharrte inmitten der Bewegung, als sie Vera Marholz am Arm eines eleganten grauhaarigen Mannes auf sich zukommen sah.

Spontan wollte Sophia auf die andere Straßenseite gehen, doch Felix war nirgends zu sehen. Wahrscheinlich schnüffelte er wieder hinter dem Kiosk herum, und Sophia rief zornig seinen Namen.

Doch das kleine eigensinnige Biest kam nicht, und Sophia spürte, wie ihr das Blut heftig in die Wangen, schoss, als ihre Cousine vor ihr stehen blieb.

„Grüß Gott, Sophia", sagte Vera freundlich.

„Hallo", würgte die Jüngere hervor und dachte gar nicht daran, das Lächeln zu erwidern.

„Wie geht's denn so?"

Dumme Frage, schoss es Sophia durch den Kopf, Wie soll es jemandem schon gehen, der nicht über unerschöpfliche Mittel verfügt und einen Job sucht?

„Ach, Sigmund, drüben ist eine kleine Konditorei", sagte Vera zuckersüß zu ihrem Begleiter. „Dort führen sie die Champagnertrüffel, die ich für mein Leben gern esse. Würdest du mir welche besorgen?"

Sigmund von Achern, der immer noch von dem Vermögen lebte, das seine Vorfahren angehäuft hatten, und sein Dasein genoss, verneigte sich leicht.

„Selbstverständlich, meine Liebe", erwiderte er. „Für dich tue ich doch alles." Ein bewundernder Blick streifte Sophia, dann ließ er die Damen allein.

„Das ist Graf Achern, mein zukünftiger Mann", erklärte Vera und hüstelte verlegen. „Es ist gut, dass ich dich zufällig treffe, Sophia, ich wollte schon lange mit dir reden."

Falsches Luder, dachte Sophia und verzog keine Miene. „Wozu?", fragte sie hart. „Ich denke, zwischen uns ist alles gesagt. O, vielleicht eines noch, Vera: Ich hatte nie die Absicht, dir Axel wegzunehmen, ich wusste nicht einmal, dass er dich kennt."

„Vielleicht ist es so, vielleicht auch nicht", tat Vera leichthin ab. „Weißt du, ich glaube, ich habe ein bisschen voreilig gehandelt. Diese Inge ist doch nicht die Richtige fürs Geschäft. Wenn du willst, kannst du wieder als Geschäftsführerin arbeiten. Ich denke, wir wollten diese unangenehme Geschichte vergessen."

Was Vera nicht verriet, war, dass Axel noch einmal bei ihr gewesen war, um alles richtigzustellen. Außerdem hatte Vera nun die Aussicht, Gräfin von Achern zu werden, und das reizte sie ungemein.

Hatte Vera jedoch Dankbarkeit oder Ähnliches von ihrer Cousine erwartet, so wurde sie enttäuscht. Sophias Blick wurde kühl, stolz reckte sie das kleine feste Kinn vor. „Danke, Vera, ich komme schon zurecht", antwortete sie ruhig.

„Nun ja, du musst es wissen." Vera Marholz zupfte sich ein paar Locken in die Stirn und schaute zur Konditorei hinüber. „Aber eines würde mich doch noch interessieren, liebe Sophia: Bist du nun noch mit Axel zusammen? Wird es etwas Ernstes?"

Ein spöttisches Lächeln huschte über Sophias Mundwinkel. Vera gab zwar vor, Graf Achern heiraten zu wollen, doch völlig erloschen schien ihr Interesse an Axel doch nicht zu sein.

„Ich habe keinen Kontakt mehr zu ihm", erwiderte Sophia. „Genügt dir das?"

„Und du willst wirklich nicht wieder bei mir arbeiten?", fragte Vera noch einmal, doch ihr Desinteresse war deutlich zu spüren.

Sophia wusste nicht, was die Cousine mit diesem Manöver bezweckte, und es war ihr im Grunde auch gleichgültig. Sophias Stolz ließ es nicht zu, das Angebot anzunehmen.

Sie hatte sich wochenlang gequält, hatte sich mit Vorwürfen herumgeschlagen, dass sie Veras Glück zerstört hätte – nur um nun feststellen zu müssen, wie schnell und leicht die Cousine sich über Axels Verlust hinweggetröstet hatte.

„Ich denke, es ist besser, wenn wir keinen Kontakt mehr zueinander haben, Vera", sagte Sophia kühl. „Es ist zu viel zerbrochen, Ich wünsche dir mit deinem Grafen viel Glück. Leb wohl."

Vera öffnete zwar die Lippen, doch noch bevor ihr eine passende Antwort einfiel, hatte Sophia sich schon umgedreht und war gegangen.

Erst als sie in die nächste Querstraße einbog, durchzuckte es sie siedend heiß. Du lieber Himmel, sie hatte ihren Felix ja völlig vergessen!

Unschlüssig blieb Sophia stehen. Ihrer Cousine wollte sie nicht mehr begegnen, denn die wenigen Worte mit Vera hatten sie tiefer berührt, als sie sich eingestehen wollte.

Doch Felix konnte sie auch nicht allein zurücklassen, denn wenn er sie vermisste, rannte er sicher ziellos durch die Straßen, um sie zu suchen.

Nervös kaute Sophia auf der Unterlippe, aber noch bevor sie sich zu irgendeinem Entschluss durchringen konnte, stieß eine kalte Schnauze an ihre Wade, und ein helles Winseln drang an ihre Ohren.

„Felix!", rief sie, bückte sich nach dem Winzling, hob ihn auf die Arme und drückte ihn so fest an sich, dass Felix leise quietschte. „O, ich wollte dir nicht weh tun", sagte sie und lockerte den Griff. „Ich bin nur so glücklich, dass du wieder da bist. Du bist doch ein kluges Kerlchen!"

Er legte den Kopf an ihre Schulter und schnaufte

tief. Felix hatte genügend Duftnoten aufgenommen, und hier oben auf Frauchens Armen war immer noch der schönste Platz für ihn.

Sophia wählte einen kleinen Umweg, um zu ihrem Haus zu kommen, denn noch einmal wollte sie Vera Marholz nicht begegnen. Sie durchstreifte mit Felix die Außenbezirke von Mittenwald, wanderte zum nahen Wald, und als sie wenig später am Ufer der Isar saß und ins Wasser schaute, ebbte ihre Aggression langsam ab, und Trauer ergriff von ihr Besitz.

Jetzt, da Sophia wusste, wie schnell ihre Cousine sich getröstet hatte, fragte sie sich, warum sie Axel eigentlich weggeschickt hatte. Sie lächelte bitter, als sie erkannte, dass sie völlig sinnlos ihr Glück mit Füßen getreten hatte.

***

Am Tag nach Monikas Hochzeit frühstückten nur Peter und Bastian mit Anni Schatz, Ignaz Sperling ließ sich nicht blicken.

„Wo ist denn Opa Ignaz?", nuschelte Bastian mit vollem Mund.

„O, ich denke, er schläft noch", antwortete sein Vater, der auf die Uhr schaute, denn er musste pünktlich in der Praxis sein.

„Das hat er aber noch nie gemacht", kommentierte der Junge und griff zur nächsten Semmel.

„Nun ja, er hat gestern ganz schön ... äh ... getanzt", erklärte Peter und schmunzelte, denn sein Vater hatte nicht nur das Tanzbein geschwungen, sondern auch reichlich dem guten Wein zugesprochen.

Doch dieser Umstand ging Bastian nichts an, und so schwieg Peter sich darüber aus.

„Wird man denn vom Tanzen so müd?", fragte Bastian erstaunt.

„Davon auch, Jungchen", warf Anni ein und lachte, denn sie konnte sich lebhaft vorstellen, was Peter seinem Sohn verschwieg.

„Und wovon noch?", wollte Bastian wissen.

„Hör mal, dafür, dass es dir gestern so schlecht war, hast du heute aber eine Menge Fragen auf Lager", stellte Peter erstaunt fest. „Und grün bist du auch nicht mehr im Gesicht. Dann hat der Tee von Anni also geholfen?"

„Der war prima, Vati", lobte Bastian und strahlte

die Haushälterin an. „Und Tante Anni ist auch prima. Nur …" Er brach ab und schob sich ein Stück Semmel in den Mund.

„Nur?", hakte Peter neugierig nach.

„Na ja, sie schummelt", gestand Bastian. „Du, Vati, ich hab noch nie jemanden gesehen, der so schnell schummeln kann. So schnell kann man ja bald net schauen."

„Mein Kompliment, Anni", sagte Peter lachend und stand auf. „Es heißt schon was, meinen Herrn Sohn beim Schummeln zu schlagen. Da müssen Sie wirklich gut gewesen sein."

„Das hab ich von meinem Alfred gelernt", antwortete sie und klopfte Bastian leicht auf die Schulter. „Und du musst dich jetzt beeilen, Jungchen, sonst kommst du zu spät zur Schule."

Bastian nickte, und an der Seite seines Vaters verließ er die Küche.

Anni Schatz hatte alle Hände voll zu tun. Nachdem die Küche aufgeräumt war, begab sie sich ins Städtchen, um einzukaufen. Die Metzgereiverkäuferin war den Tränen nahe, als die Haushälterin den Laden wieder verließ.

O, Anni legte großen Wert auf gutes Fleisch, und

wenn man ihr ein Stück vorlegte, so war sie noch lange nicht mit jedem zufrieden.

Bevor die Haushälterin sich ans Kochen machte, ging sie zu den Gehegen im Garten. Bernie, Bastians vierbeiniger Freund, bekam einen großen Rindsknochen, während der Rauhaardackel Schmudler einige Kalbsknöchelchen bekam.

Anni ließ sich auf der Bank unter der Traueresche nieder, die der Mittelpunkt des Gartens war, und schaute versonnen den Hunden zu, die eifrig ihre Knochen bearbeiteten.

In Annis Augen war es als besonderer Glücksfall zu betrachten, dass ihr Schmudler mit dem Riesenvieh, wie sie Bernie nannte, Freundschaft geschlossen hatte.

Die beiden waren, trotz des beträchtlichen Größenunterschiedes, ein Herz und eine Seele, nur wenn es ums Fressen ging, kannten sie keinen Pardon. Da hütete ein jeder eifersüchtig seinen Napf oder seinen Knochen, stets bereit, ihn mit Zähnen und Klauen zu verteidigen.

„Morgen, Anni", grüßte eine brummige Stimme von der Hintertür des Hauses her.

Die Haushälterin wandte sich gemächlich um,

musterte Ignaz Sperling, der noch recht zerknittert wirkte, und lachte schallend.

„Ja, ja, ich hab schon gehört, Herr Sperling, Sie haben gestern zu viel getanzt!", rief sie ihm zu.

„Getanzt?", wiederholte er verdutzt. „Ja, sicher, das auch." Er strich sich mit beiden Händen über das graue Haar, das sich heute Morgen jedem ordnenden Versuch widersetzt hatte. „Sagen Sie, gibt es etwas im Kühlschrank, das gegen meinen Kater hilft?"

Listig lächelnd ging sie an ihm vorbei, denn beim Einkaufen hatte Anni sehr wohl an Ignaz' desolaten Zustand gedacht. „Kommen Sie, ein Rollmops ist jetzt genau das Richtige für Sie, Herr Sperling!", rief sie.

Als Ignaz die Küche betrat und die Rollmöpse und die sauren Gurken auf dem Teller sah, lief ihm das Wasser im Mund zusammen. Er setzte sich an den Tisch, und Anni brachte ihm noch ein Glas Bier.

„Bier? Am frühen Morgen?", fragte er zögernd.

„Erstens ist es kein früher Morgen mehr, und zweitens bringt das Bier den Kreislauf wieder in Schwung", antwortete sie kategorisch. „So, und jetzt essen Sie, damit ich anschließend das Mittagessen zubereiten kann. Dabei kann ich nämlich niemanden in der Küche gebrauchen."

Während Ignaz genüsslich sein Katerfrühstück verzehrte, beobachtete er die Haushälterin, die die Lebensmittel in Kühlschrank und Speisekammer einsortierte.

Nachdem Ignaz gegessen und getrunken hatte, stand er auf, denn einem guten Mittagessen wollte er nicht im Weg stehen. Er war schon in der Tür, als er sich noch einmal zu Anni umwandte.

„Frau Schatz, heute Morgen haben Sie mich von Ihrem Können überzeugt. Darf ich Schätzchen zu Ihnen sagen? Ich finde, das klingt doch recht hübsch."

Sie wandte sich um, stemmte die Hände in die drallen Hüften und lachte verschmitzt. „Gern, so lange Sie mich nicht wie Ihr Schätzchen behandeln, soll es mir recht sein."

Schnell schloss er die Tür von draußen und grinste breit. Donnerwetter, dachte Ignaz, die nimmt kein Blatt vor den Mund. Leise pfeifend zog er sich in den Garten zurück, davon überzeugt, nie eine bessere Haushälterin bekommen zu können.

Für Anni verging die Zeit wie im Flug, denn die Knödel wurden bei ihr noch von Hand gefertigt. Natürlich hatte sie auch Fertigprodukte gesehen, doch dafür hatte Anni nur ein müdes Lächeln.

Bastian kam aus der Schule, Dr. Sperling aus der Praxis, und Opa Ignaz schlich schon eine Weile hungrig durchs Haus und schnupperte genießerisch, denn es duftete himmlisch.

Knapp zwanzig Minuten später saß die Familie Sperling mit Anni bei Tisch, und es war auffallend still. Die Leberknödelsuppe war ein Gedicht, und die Hefeknödel, die Anni zum Böhmischen Bierfleisch reichte, zergingen auf der Zunge.

„Mensch, Tante Anni, so gut hat es mir schon lang nimmer geschmeckt", sagte Bastian, als er das Besteck aus den Händen legte.

„Das muss die Wahrheit sein", witzelte sein Vater, „denn du hast sogar den Salat aufgegessen."

Opa Ignaz schaute zufrieden in die Runde, in jedem Gesicht las er Anerkennung, und Anni strahlte, denn wenn Platten und Schüsseln geleert waren, musste es geschmeckt haben.

„Schätzchen, wir werden Sie nie wieder gehen lassen", sagte Opa Ignaz, und alle nickten, denn sie waren sich einig: Etwas Besseres als Anni Schatz hatte ihnen nicht passieren können.

***

Karlheinz Wolkenfeld war in Axel Prangers Augen zwar ein unangenehmer Zeitgenosse, ein typisch Neureicher, doch er verfügte über ein immenses Vermögen, das er mit Termingeschäften erworben hatte.
Noch vor wenigen Jahren hatte man einen Karlheinz Wolkenfeld in Münchens besseren Kreisen nicht gekannt, doch inzwischen hatte er sich zu einem der reichsten Männer entwickelt.
Dazu gehörte natürlich auch eine Villa an Münchens Stadtrand; Wolkenfeld hatte Millionen für das riesige Haus aus der Gründerzeit bezahlt, und nun sollte Axel es einrichten.
Schon seit Stunden debattierten sie über Stilrichtungen, Karlheinz Wolkenfeld war zwar Axels Auftraggeber und bereit, eine horrende Summe für die Inneneinrichtung zu bezahlen, doch was

er von Axel Pranger verlangte, war schlichtweg unmöglich.

Axel war der Verzweiflung nahe, „Herr Wolkenfeld, ich bitte Sie, Jagdtrophäen passen einfach nicht zum Biedermeierstil, schon gar nicht in diesem hübschen Erkerzimmer", erklärte er, und als er die Ablehnung in den Augen des anderen las, wandte er sich um und stürmte auf die Terrasse hinaus.

Ruhig, alter Junge, ganz ruhig, sagte Axel sich im Stillen. Betrachtete es einfach als Auftrag, nicht mehr und nicht weniger.

Karlheinz, rund und ewig schwitzend, schob seine Leibesfülle auf die Terrasse.

„Ich weiß nicht, was Sie gegen meine Sauköpfe und Hirschgeweihe haben, Herr Pranger, und allmählich zweifle ich auch daran, ob sie wirklich einer der besten Innenarchitekten sind."

„So? Tun Sie das?", entgegnete Axel bissig. „Herr Wolkenfeld, wenn die Villa fertig ist und Sie Gäste empfangen, wird jeder Sie fragen, wer die Inneneinrichtung gestaltet hat, und wenn Sie unbedingt Ihre Sauköpfe in das Erkerzimmer hängen wollen – bitte. Aber mein Name soll in diesem Zusammenhang nicht genannt werden."

„Schon gut, schon gut." Beschwichtigend hob der Hausherr die dicken Hände. „Ich bin sicher, dass wir uns noch einigen können."
Wolkenfeld redete und redete, doch Axel hörte ihm gar nicht mehr zu.
Er hatte einen Langhaardackel entdeckt, der neugierig über den Rasen kam, die Schnauze dicht über dem Gras haltend, damit ihm auch ja nichts entging.
Axels Herz klopfte plötzlich rasend schnell, denn er war sicher, in dem kleinen Vierbeiner Felix erkannt zu haben.
„Felix?", rief er unsicher, und als der Hund den Kopf hob und mit der Rute wedelte, verließ Axel die Terrasse und lief in den weitläufigen Park.
Seinen Auftraggeber hatte er vergessen, denn wo Felix war, konnte auch Sophia nicht weit sein.
„Sophia!", schrie er und lief zur Auffahrt.
Und dann sah er sie. Sie lehnte am Stamm einer alten mächtigen Eiche und lächelte verlegen, als Axel vor ihr stehen blieb.
„Sophia, ich … ich kann es noch gar nicht glauben. Bist du es wirklich, oder verfolgen mich jetzt schon meine Träume?"

„Hallo, Axel", sagte sie, und glühende Röte überzog ihre Wangen. „Ich war schon in deinem Büro. Eine hübsche blonde Frau hat mir gesagt, wo du bist."

„Sag es mir", flüsterte er aufgeregt, „Ich habe jeden Tag darauf gewartet, dass du kommst, dass du mir sagst …"

„Ich liebe dich." Leise kamen die drei kleinen Worte über ihre Lippen, so leise, dass Axel sie kaum verstehen konnte. „Und … und ich habe mich dumm benommen, Axel. Heute weiß ich es. Wenn du … wenn du mich noch willst …"

„Ach, Sophia!", rief er und nahm sie in die Arme. Er küsste sie, und all die Sehnsucht, die sich in den letzten Wochen angestaut hatte, fand darin ihren Ausdruck.

Dass Karlheinz Wolkenfeld schnaufend auf sie zukam, von dem kläffenden Dackel verfolgt, bemerkte das Paar nicht. Grob klopfte der Geschäftsmann Axel auf die Schulter.

„Hören Sie, entweder Sie kümmern sich um den Auftrag oder um ihre Frauengeschichten!", rief der Dicke aufgebracht. „Was ist das für eine Art? Ich denke, Sie wollen einen fetten Auftrag an Land ziehen?"

Gelassen wandte Axel sich zu ihm um. „Wissen Sie was, Herr Wolkenfeld? Ich ziehe es vor, einem anderen ihre Sauköpfe und sonstigen Jagdtrophäen zu überlassen. Und selbst, wenn Sie mein Honorar erhöhen – ich habe jetzt etwas weitaus Besseres zu tun:"
Er legte einen Arm um Sophia. „Komm, mein Engel, es gibt so vieles, das wir uns noch zu sagen haben. Was interessiert uns ein Herr Wolkenfeld."
„Das ... das ist doch die Höhe!", rief Karlheinz aufgebracht. „Das werden Sie noch bereuen!"
Niemand schenkte ihm Beachtung. Eng umschlugen gingen Axel und Sophia zu seinem Wagen, und Felix hielt sich dicht an ihrer Seite, denn die beiden Menschen, die er am meisten in sein Dackelherz geschlossen hatte, wollte er nicht aus den Augen verlieren.

ENDE